LES

COTERIES,

SATIRE,

PAR ALEXIS LAGARDE.

A PARIS,

CHEZ LES MARCHANDS DE NOUVEAUTÉS.

1825.

DE L'IMPRIMERIE DE PLASSAN, RUE DE VAUGIRARD, N° 15,
DERRIÈRE L'ODÉON.

LES COTERIES,

SATIRE.

Nul n'ira son chemin, hors nous et nos amis (1).
Loin d'ici, téméraire ! en vain tu t'es promis
D'illustrer un talent dont l'audace effrénée
Aux pieds de nos patrons ne s'est point prosternée.
Ton rebelle génie aura donc méconnu
Les Mécènes puissans qui l'auraient soutenu,
Et d'un pas libre et fier, dès son apprentissage,
Parmi nos affidés s'ouvrirait un passage !
D'une adroite cabale abjurant le métier,
Il pourrait de la gloire aborder le sentier !
Contre ton intérêt ta vanité conspire :
De l'intrigue en faveur vante plutôt l'empire ;
Que ta bouche une fois ait du moins exalté,
Des grands hommes du temps l'altière nullité.

Le mérite, au surplus, n'est que la moindre affaire.
Le savoir doit fléchir devant le savoir-faire.
Sois docile au mot d'ordre où chacun s'est soumis,
Nul n'ira son chemin, hors nous et nos amis.

Vois ce haut personnage à la mise opulente,
Ses dédaigneux sourcils, son allure insolente,
De ses trente laquais les bruyans embarras;
Vois ce nouveau venu qui, lui tendant les bras,
Par son abord subit et sa manière aisée,
Déconcerte aussitôt cette face empesée;
C'est Forlis, c'est Cliton. L'un, du bagne affranchi,
A force de bassesse à la fin enrichi,
En dépit des affronts qui flétrissent sa vie,
Devant son coffre-fort tient la foule asservie.
L'autre, vieux compagnon de ses hardis exploits,
Sur le pinacle aussi s'est assis autrefois;
Mais les événemens, dont le destin se joue,
Depuis l'ont de nouveau rejeté dans la boue,
Et l'on conçoit dès-lors que cet habit poudreux
Offusque les regards d'un drôle plus heureux.
Vainement toutefois on croit se méconnaître :
« Viens à moi, dit Cliton. Dieu ! je me sens renaître !
» Mon étoile m'entraîne, et veut par ton appui

» Au but où j'aspirais me conduire aujourd'hui.
» Tu peux à tes marchés m'associer sans honte.
» Viens, je sais comme toi l'art d'embrouiller un compte.
» A la vertu rigide avec toi je réponds
» Qu'il faut être ici-bas ou dupes ou fripons.
» Rends sa fraîcheur première à ma mine affamée.
» Je ne possède rien, j'équiperai l'armée.
» Sans un denier vaillant, si je suis connaisseur,
» Un forçat libéré doit faire un fournisseur. »

Qu'opposera Forlis ? sa colère ? Il me semble
Qu'il vaut mieux vivre en paix et moissonner ensemble.
Le champ est assez vaste ; et d'ailleurs, au besoin,
Pour trouver un complice on n'ira pas bien loin.
Il suffit, et Forlis a donné sa parole.
Cliton va dès demain recommencer son rôle.
Ainsi de toutes parts le crime s'est ligué
Contre l'honneur intègre en son coin relégué ;
Ainsi la confiance est partout envahie.
Eh, quoi ! naguère encor ma bonne foi trahie,
De l'imposture en vogue accréditait le cours :
Jouet des charlatans et de leurs beaux discours,
Je les applaudissais le long de la carrière ;
Mais lorsque j'ai voulu regarder en arrière,

Ce prestige éclatant, qui flattait ma raison,
N'était plus qu'artifice, intrigue, trahison,
Et ces héros si purs, que leur droiture engage,
Avaient changé vingt fois de masque et de langage.
C'est Forlis, c'est Cliton! Et n'imaginez pas
Que mes sombres pinceaux soient descendus trop bas.
Coignard eût pu sans doute, au sein de la fortune (2),
Jouir effrontément de l'estime commune :
Le faux comte, échappé des travaux de Toulon,
Affichait l'importance et les airs de salon;
Sa voix de nos guerriers dirigeait la bannière;
L'étoile du courage ornait sa boutonnière.
Ah! sur le piédestal des idoles du jour,
Que de saints de sa trempe ont régné tour-à-tour!
Combien, dont l'arrogance est si haut parvenue,
N'oseraient se montrer, l'épaule toute nue!

Mais leur vice opulent, sous la pourpre caché,
Maîtrise le vulgaire à leur char attaché.
Le monde les accueille avec cérémonie.
Ils vont se prélasser en bonne compagnie.
Dès que l'argent abonde, il n'est point de bandit
Qui n'ait son patronage et ne soit en crédit.
L'argent des dignités est la source féconde.

Au fond de la province, exerçant sa faconde,
Un avocat superbe, au sublime maintien,
Plaidait la curatelle et le mur mitoyen,
Lorsque de ses cliens une erreur opportune
A tout-à-coup lâché cet aigle à la tribune,
En assurant d'avance à ses futurs succès
Et le rameau civique et de nouveaux procès.
Tout chaud et tout bouillant, le coche nous l'amène.
Le seul bien de l'état l'inspire, et le promène
De bureaux en bureaux, de commis en commis,
Jusques au ministère, où le couvert est mis;
Où le Grâve et l'Aï reposent à la glace;
Où près de monseigneur on a gardé sa place.
Monseigneur lui sourit!.. Notre homme, à cet aspect,
Ne se possède plus de joie et de respect.
Sa friande éloquence, aux truffes dévouée,
Du reste, en plein sénat, est bientôt baffouée,
Mais sa bourse a reçu, comme une indemnité,
Une assez belle part du fonds qu'il a voté;
Mais il doit revenir en brillant équipage;
Son fils sera préfet, son neveu sera page;
Le cousin, la cousine auront tous un emploi;
Lui-même il représente un Procureur du roi.
Du télégraphe altier le mobile grimoire

Au sommet de Montmartre en proclame la gloire.
Hors d'haleine au pays devançant son renom,
Le robin sert déjà de héraut à son nom.
Sa faveur, à tout prix, veut s'y voir courtisée;
On sonne, on illumine, on tire la fusée;
On le porte en triomphe, et le peuple ravi
Chôme un si beau talent qui l'a si bien servi.

Et puis, venez vous plaindre; osez donc vous permettre
D'attaquer nos ventrus aux genoux de leur maître!
Le maître et les valets, d'un pareil attentat,
Vont, aux yeux de Thémis, faire un crime d'état.
Un bâtard de Dandin, ferré de sa logique,
Est prêt à foudroyer ce courage anarchique.
On dit que la Justice, avilie autrefois,
Tenait mal sa balance et nous faisait faux poids :
Les juges au palais s'assemblaient pour la forme;
Les Jeffrys y gagnaient un traitement énorme;
La hache ensanglantait la Grève, et cependant
Monsieur le conseiller devenait président;
Monsieur le président, à la cour souveraine,
Remplissait un fauteuil de sa morgue hautaine.
Ces temps sont loin de nous : encore faudrait-il
Que notre ami Billot fût un peu moins subtil; (3)

Qu'à propos d'une rime imprudemment émise,
Il ne crût pas sitôt la France compromise;
Que si, l'âme contrite et le cœur déchiré,
Je m'avisais enfin d'écrire *à mon Curé,*
Il ne corrigeât point mon style épistolaire
Par six mois de prison, de pain sec et d'eau claire.
Hélas! ce cher curé n'en est pas plus fervent :
Le saint homme est toujours vaurien comme devant;
Je le surprends toujours distrait à la prière,
Et lorgnant en dessous Lison sa chambrière.
Le teint frais et gaillard, l'abdomen rebondi,
Il trouve l'andouillette exquise un vendredi.
Ma foi, sauve qui peut! Et quand, parmi le nombre,
Mainte brebis s'échappe et s'égare dans l'ombre,
Quand maint esprit pervers fraie avec Belzebut,
Nombre d'honnêtes gens marchent droit au salut.

Ma muse, assure-t-on, plus discrète et plus sage,
N'eût jamais de Messieurs vu l'austère visage,
Si notre ton moqueur s'était du moins borné
A rallier au lutrin le chantre bourgeonné;
A peindre, sous la treille, et voire à la guinguette,
Entre les pots cassés, la tonsure en goguette.
O crime irrémissible! Oui, j'ai pu sans détour,

D'Ignace et d'Escobar signaler le retour.
J'ai dit les noirs complots, les trames infernales,
Dont l'hypocrite engeance a souillé nos annales;
Sa rage frénétique et ses coups assassins;
Sa doucereuse astuce et ses lâches desseins;
Cette soif des grandeurs, cette jalouse envie,
Toujours plus dévorante et jamais assouvie;
Le parjure odieux consacrant sur l'autel
L'hostie empoisonnée et le fer des Châtel;
L'enfance corrompue, aux satyres en proie,
Et leurs affreux plaisirs, et leur brutale joie.
Ah ! malgré les fureurs d'Ignace et son parti,
L'eau claire et le pain sec ne m'ont point converti.
Pour les pousser à bout et siffler de plus belle,
Mes poumons ont acquis une force nouvelle.
Au faîte du pouvoir, où vise leur drapeau,
J'irai du sceau vengeur marquer ce vil troupeau.
Que, pareil au reptile, à la flèche homicide,
Qui, laissant au marais sa dépouille livide,
Une fois dégagé de ce limon impur,
S'élance, étincelant d'émeraude et d'azur,
L'abbé Monopolis (*), dont la parole obscure

(*) Monopolis, comme son nom l'explique assez, est le jésuitisme personnifié, et rien de plus.

Végétait sous le froc et rampait sous la bure,
La mitre sur le front et la crosse à la main,
Se redresse orgueilleux de son faste romain;
J'aurai beau voir la foule adorer en extase
De ces frêles hochets la vaniteuse emphase,
Je n'en saurai pas moins dévoiler à mon gré
Le tartufe à la mode et l'histrion sacré.
Eh, quels ménagemens faut-il que je m'impose?
Il est puissant? D'accord. Ma franchise m'expose
Aux barbares accès de son ressentiment?
Eh bien donc! que sa fourbe éclate impunément.
Ouvrez donc la barrière à son essor rapide.
Des fils de Loyola c'est le plus intrépide.
Il a le corps agile et le jarret dispos.
Pensez-vous le réduire à prendre du repos?
Non : sa fougueuse ardeur, aux brigues aguerrie,
Dispute une ambassade, accroche la pairie,
Guette le portefeuille, et, prompte à s'en saisir,
Va chasser du conseil ou Decaze ou Saint-Cyr.
L'ombre du cardinal, vainqueur de la Rochelle,
Le réveille en sursaut, l'assiège, le harcèle,
Et ne laissera plus dormir l'homme de Dieu,
Qu'il n'ait, devant Cadix, effacé Richelieu.
Et le prélat s'irrite, et son humeur guerrière

Veut courir des combats la lice meurtrière ;
S'apprête à batailler et par vaux et par monts ;
Fait des plans de campagne en guise de sermons.
Est-ce tout ? Il prétend, ce prêcheur empirique,
Joindre aux lauriers de Mars la palme académique,
Et de nos immortels enchaînant l'Apollon,
Dominer le Parnasse et le sacré vallon.
Enfin ? le sicophante, on ne sait à quel titre,
Doit en tout et pour tout être le seul arbitre,
Aspire à tout atteindre, à tout assujettir ;
Ses dix ongles crochus se font partout sentir.
Je m'explique d'ailleurs l'éclat qui l'environne :
Il nous est arrivé des bords de la Garonne.
Où ne parviendra-t-il ? Jésuites et Gascons ! (4)
Pour cette graine-à tous les terroirs sont bons.

C'en est trop : ces tableaux ont fatigué ma vue.
D'un plus joyeux théâtre essayons la revue.
Viens, valeureux jeune homme; et donnons un moment
Relâche à tant d'opprobre et d'avilissement.
Vois de ce souterrain l'obscurité profonde :
Allons rire aux enfers des misères du monde.
Les enfers ont encor le don de m'égayer.
Tu recules ? suis-moi, suis-moi sans t'effrayer.

Prends ce bout de mouchoir, et va tête baissée.
A tâtons; doucement; suis la route tracée :
Le pavot somnifère y naît près des chardons.
Détourne ce pilier. Avance. Descendons.
Descends, descends encore, on ne peut trop descendre.
D'une reine ostrogothe on foule ici la cendre!
Descends toujours. On touche, étendus en ce coin,
Le moine Cucupiêtre et l'empereur Baudoin!
Descends, descends, te dis-je. Au fond de cette allée,
S'élève de Turpin l'antique mausolée!
Descends, et je te mène au noir appartement,
Où Satan et ses pairs tiennent leur parlement!
Tu frémis? Il est temps de te tirer de peine:
Un mot va dissiper une frayeur si vaine;
Tes esprits inquiets redemandent le jour,
Des Bons-hommes-lettrés reconnais le séjour! (5)

Les lugubres échos de ces voûtes funèbres,
S'émeuvent aux accens de l'oiseau des ténèbres.
Quand ses cris à la terre ont annoncé la nuit,
La benoîte assemblée afflue en son réduit.
De l'Esprit-Saint, jadis aux Apôtres fidèle,
Par un *Veni sancte* réclamant la tutelle,
Chaque petit docteur, sur un trépied doré,

Recueilli dans lui-même, attend d'être inspiré.
Mais au lieu du rayon, dont l'heureuse influence
Des douze circoncis dissipa l'ignorance,
Ce n'est qu'un feu-follet venu des mêmes lieux
Où Babel machina ses plans audacieux,
Et dont Dieu confondit la cohorte rebelle
Qui croyait assiéger sa demeure éternelle.
Un vertige inouï s'empare par degrés
De ces crânes épais, déjà si mal timbrés.
Le souffle radoteur vole de nuque en nuque,
De toupet en toupet, de perruque en perruque.
Leur cerveau réchauffé darde par tous les sens
Des sillons de phospore, au hasard jaillissans.
Une odeur de brûlé se répand à la ronde.
On s'entrevoit enfin, la clarté surabonde,
Et sur leur boîte osseuse appelle l'éteignoir.
Ainsi, dans mon collège, au détour d'un dortoir,
Amusant de bambins une troupe indocile,
Ma main creusait ce fruit que Garo l'imbécile
Aurait mis sur le chêne à la place du gland;
Alors, pour éprouver le redouté Cinglant,
D'un spectre caverneux je façonnais l'image,
Et de ses traits grossiers éclairant l'assemblage
A l'aide d'un foyer en son sein allnmé,

J'exerçais les terreurs du pédant alarmé.
Lacretelle et Briffaut, citrouilles érudites,
Tenant de Frayssinous les œuvres inédites,
En adjugent le prix au taciturne auteur
Que la chute d'*Oreste* a rendu si boudeur.
Jeannin, tout glorieux, lit par reconnaissance
D'un bouquet à Cloris la chaude jouissance.
Son érotique enfant vient d'ouvrir le champ-clos;
Et soudain déclamant leurs vers à peine éclos,
Mille rivaux jaloux font assaut de génie:
Piis du bas-breton enseigne l'*Harmonie;*
Le tourtereau Chazet applique à Lourdoüeix
L'éloge de Nonotte et d'Abraham Chaumeix;
Roger comme un roman veut écrire l'histoire,
Et soutient que Clio doit nous en faire accroire;
Creuzé, barde naïf du bon temps des Dunois,
Ne rêve que blason, destriers et tournois,
Chante les *Amadis*, les *Roland* et leurs belles,
Les géans pourfendus, les nains et les tourelles,
La Durandal fameuse et la lance d'Argail;
Marcellus, plus benin, exhale une ode *à l'Ail*! (6)
Dès l'ouverture, hélas! la bonne académie
S'était à leurs accords bonnement endormie,
Lorsque l'oiseau fatal qu'elle avait remplacé

Rentre au sombre manoir, par l'aurore chassé,
Et de sa voix plaintive éveille l'auditoire.
Les Bons-hommes alors sortent du consistoire,
Se bénissent l'un l'autre, et, contraints d'y voir clair,
Déplorent le tourment d'aller vivre en plein air.

Et je me sauve aussi de l'absurde repaire.
Jeune homme, excuse-moi : j'ai voulu te distraire,
Et n'ai fait qu'ajouter à ta satiété.
Le club hétéroclite a proscrit la gaîté.
Ce n'est point ce qu'en dit la bavarde déesse,
Coureuse infatigable et qui nous ment sans cesse,
Qui proclame, à travers son cornet à bouquin,
Avec le même zèle et Voltaire et Pasquin,
Et dont les plats journaux préconisaient, la veille,
Du grotesque sabbat la piteuse merveille.
Ces journaux complaisans n'en vanteront pas moins
La scène dont mes yeux viennent d'être témoins.
Ils vivent d'impudence; au gré de qui les paie,
Leur louange éphémère ou s'attriste ou s'égaie;
Tantôt elle est coûteuse, et tantôt au rabais.
Damis tient pour la guerre, Ariste pour la paix;
Et des deux gazetiers les plumes un peu vives
S'adressent, le matin, un torrent d'invectives;

Ils sont, à les entendre, à jamais ennemis;
Le soir, Ariste soupe et trinque avec Damis.
Et voilà les grimauds, oracles de la France!
Un cuistre à tant la page est presque une puissance.
Le Crésus de la ville, auteur d'un bout-rimé,
Tant qu'il a table ouverte est par lui renommé;
On vend à d'Arlincourt un encens idolâtre,
Tandis qu'en un grenier, d'un nouveau Malfilâtre
Le chef-d'œuvre inconnu languit dans l'abandon,
Pour avoir marchandé l'honneur du feuilleton.
Les fermiers-généraux de la littérature
Veulent au ratelier recevoir leur pâture.
Je n'en excepte point ce flatteur suranné,
Qui s'est de maître en maître indignement traîné;
Qui, d'un chaud démocrate a l'humeur tracassière,
Après que je l'ai vu, le front dans la poussière,
Abruti sous le joug qu'il reçut en tremblant,
D'un despote oppresseur lécher le fer sanglant.
Satrape subalterne, il accablait d'outrages
Les badauds dont il vient mendier les suffrages.
Du despote tombé premier accusateur,
Il était à l'enchère au premier acheteur;
Mais le pouvoir avare a refermé sa bourse.
Nos badauds sont enfin sa dernière ressource.

Son franc patriotisme, autrefois si vénal,
Dispense, à ses profits, les grâces d'un journal,
Où, de tous ses rivaux abaissant le systême,
Il peut, à nos dépens, se célébrer lui-même.

De ses consorts, au reste, en cette occasion,
Je devrais démasquer la sourde ambition;
Je devrais au poteau clouer l'ignominie
De ces fiers libéraux, fauteurs de tyrannie;
De ces gothiques preux, de ces vieux paladins,
Monarchiques outrés, naguère jacobins;
De ces vils apostats qui, selon la rencontre,
Avec le même feu déclament pour ou contre;
Mais la course est trop longue, et je veux en finir.
Mon Pégase essoufflé ne saurait y tenir.
Je m'arrête. Aussi-bien, sur pareille matière,
Qui jamais a rempli sa tâche tout entière?
Qui jamais souleva tous ces sales manteaux?
Partout la jonglerie étale ses tréteaux.
A la ville, à la cour, au théâtre, à l'église,
A la Bourse, au Forum, il n'est qu'une devise,
Qu'un cri de rallîment, dans tous les rangs transmis :
Nul n'ira son chemin, hors nous et nos amis.

NOTES.

(1) Nul n'aura de l'esprit, hors nous et nos amis.

MOLIÈRE.

(2) Ce Coignard, après s'être échappé des galères, avait pris le nom du comte de Sainte-Hélène, et obtenu, en cette qualité, un grade supérieur dans nos troupes.

(3) M. Billot, aujourd'hui procureur-général devant la cour royale de la Corse, occupait le banc du ministère public, à la police correctionnelle, en qualité de substitut, lorsque je fus condamné pour le fait d'une petite épître *à mon Curé*, laquelle outrageait, disait-on, la religion de l'État, les pères de la foi, et les bonnes mœurs.

(4) Je demande humblement pardon à MM. les Gascons de les avoir mis un moment à côté des Jésuites. Ceci n'est évidemment qu'une plaisanterie.

(5) Cette confrérie des Bons-Hommes n'est pas même l'Académie française, quoiqu'elle fasse à peu près autant de bruit; c'est le rendez-vous de tout ce qu'il y a de plus absurde, en fait d'arts, de sciences, et de littérature.

(6) M. le comte de Marcellus, pair de France, a fait, outre son ode à *l'Ail*, la paraphrase de plusieurs psaumes de David. M. le baron Creuzé de Lesser, préfet de mon département, par parenthèse, a rimé un poëme de *Roland*, un poëme *d'A-*

madis, un poëme des *Chevaliers de la Table ronde*, en tout 40 à 50,000 vers, où il ne manque, on l'a déjà dit, que la poésie. M. le chevalier de Roger, qui est boiteux et directeur-général des postes, a naguère soutenu, à la face des quarante, *que l'Histoire doit être partiale*. M. le chevalier Alisan de Chazet, poètereau de circonstance, a composé un poëme de *l'Art de causer*, et on lui a conseillé d'apprendre l'art de se taire. M. le chevalier de Piis est auteur d'un poëme de *l'Harmonie imitative*, et de quatre livres, poids de marc, de chansons et de poésies légères.

MM. Briffaut et Mely-Jeannin joignent au titre de gazetiers celui de poètes tragiques sifflés;

Et ces deux grands débris se consolent entr'eux.

Lourdoüeix est un lourd pédagogue qui a exercé lourdement les délicates fonctions de censeur littéraire. M. Lacretelle appartient à l'Académie française, ainsi que MM. Roger et Fraissinous : le premier a écrit l'Histoire comme l'entend le second, et le troisième a ses ouvrages en *portefeuille*.

www.ingramcontent.com/pod-product-compliance
Ingram Content Group UK Ltd.
Pitfield, Milton Keynes, MK11 3LW, UK
UKHW020550230726
13925UKWH00006B/2515

9 782013 588652